NUR FÜR DICH

WÜRDE ICH...

jack sjogren

Pattloch

Für Hal

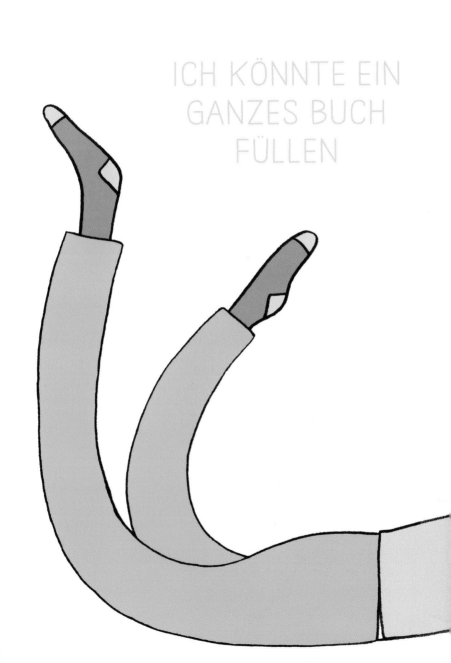

ICH KÖNNTE EIN
GANZES BUCH
FÜLLEN

mit Dingen, die
ich tun würde

(ABER NUR FÜR DICH)

ICH WÜRDE
DICH ANRUFEN,

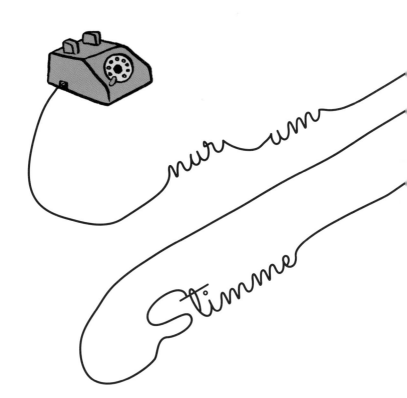

nur um

Stimme

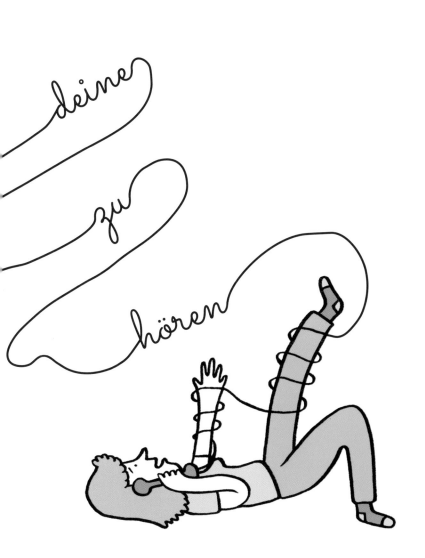

FÜR DICH WÜRDE
ICH ALLE MEINE
TERMINE ABSAGEN

ICH WÜRDE IMMER

genug Zeit

EINPLANEN, DAMIT

DU DICH STYLEN

KANNST

ICH WÜRDE FÜR
DICH KOCHEN,

auch wenn die
Gefahr besteht,
dass es dir nicht
schmeckt

WANN IMMER
WIR UNS SEHEN,
würde ich dich so
fest drücken,

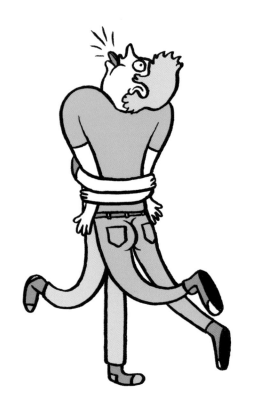

dass du kaum mehr
Luft kriegst

ICH WÜRDE
MIR EINEN BART
WACHSEN LASSEN,

damit du es schön
warm hast

WENN WIR
AUSGEHEN, WÜRDE
ICH ALL DEINE
KLEIDER TRAGEN,

damit du unterwegs dein
Outfit wechseln kannst

FÜR DICH WÜRDE ICH QUER DURCH DIE STADT FAHREN

- auch mitten in
der Rushhour

ICH WÜRDE DIR
IM KINO DIE AUGEN
ZUHALTEN, WENN ES
GRUSELIG WIRD,

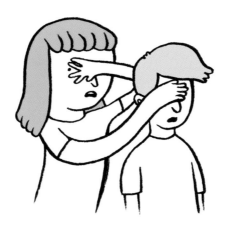

und dir heldenhaft
beschreiben, was
passiert

FÜR DICH WÜRDE ICH DEN

GANZEN ABSPANN
ANSCHAUEN,

...de

ICH WÜRDE

TOASTS

FÜR ALLE

HOCHZEITEN

SCHREIBEN, ZU DENEN
DU EINGELADEN BIST

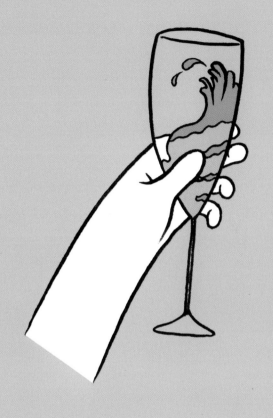

„Auf das glückliche
Paar, in dessen Pool
wir baden gehen"

ICH WÜRDE DEINEM
KOMISCHEN
ONKEL SAGEN,

ZIEH AN
MEINEM
FINGER

*dass er
abhauen soll*

FÜR DICH
WÜRDE ICH ZUM
MONSTER,

wenn der DJ
„Thriller" auflegt

ICH WÜRDE DIR
EINEN KUCHEN
BACKEN,

WEIL ES

DICH GIBT

denn du hast
ihn verdient

ICH WÜRDE
DEN ABWASCH FÜR
DICH MACHEN,

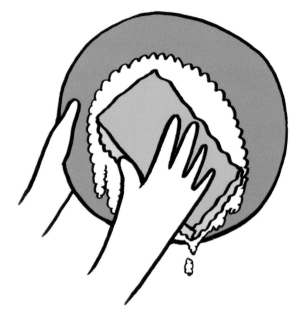

auch wenn eigentlich
du dran wärst,
aber was soll's

ICH WÜRDE DAS
KREUZWORTRÄTSEL
FÜR DICH AUFHEBEN

FÜR DICH
WÜRDE ICH

ein einsames
Monster suchen ...

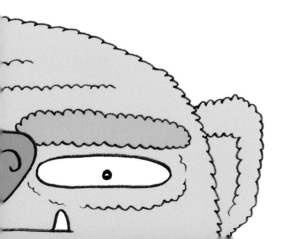

... UND SO HÄTTEN
WIR EINEN NEUEN
FREUND

ICH WÜRDE
DIR COUPONS
AUSSTELLEN,

Ein Coupon, gültig
für unendlich
viele Coupons

sodass du bei
mir alles zum
FREUNDSCHAFTSPREIS
bekommst

ICH WÜRDE
FÜR DICH KLETTERN
LERNEN,

damit ich dich
retten kann, wenn
du in Not gerätst

FÜR DICH WÜRDE
ICH EIN 50-SEITIGES
ESSAY SCHREIBEN

mit einem Programm,
das ich noch nie
benutzt habe

ICH WÜRDE
SO TUN,
ALS WÄRE ICH
DU,

MORGEN
JERRY,
PAM.

und für dich
zur Arbeit gehen

Ich würde dir
Krankschreibungen
ausstellen

DIAGNOSE:
WIRKLICH KRANK

- Echter Arzt

ICH WÜRDE DICH
DARAN ERINNERN,

dass du froh
sein kannst,
einen Job zu haben,

aber auch daran,

DASS DEINE ARBEIT
NICHT ALLES IST

ICH WÜRDE DIR

TANZEN

BEIBRINGEN ...

„DER KAMPF MIT DEM GURKEN-GLAS"

ICH WÜRDE DEINE BÜCHER NEU SORTIEREN,

DAS RIESENGROSS

FAMILIENFOTOS,
DIE VERBRANNT WERDEN SOLLTEN

MAMAS LIEBLING IM GEFÄNGNIS

T.L.T.S.T.W. EMILY HENRY

100 HINTERN

Backen mit Spaß

BUCH DER KLITZEKLEINEN HÜTE

WIE DU ÜBER DEINEN BARISTA HINWEGKOMMST

SPORT UND WIESO

Endlich: Alles über Messer

BILD VON EINEM PFERD

DON'T WORRY, BE HAPPY

Wie du zum Goth wirst

so wie du es möchtest

ICH WÜRDE
DEINE NEUEN
MÖBEL
ZUSAMMENBAUEN

Designed by me

ICH WÜRDE
DEINER MÜTZE EINE
KLEINE MÜTZE
STRICKEN

*für den Fall,
dass ihr kalt wird*

FÜR DICH
WÜRDE ICH DEN
BROTRAND
ABSCHNEIDEN

(Ich mag ihn besonders
gerne, aber pssst)

ICH WÜRDE
AUFESSEN,
WAS DU ÜBRIG
LÄSST,

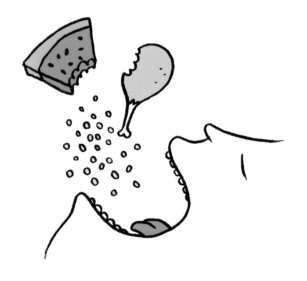

denn mir
schmeckt alles

ICH WÜRDE DICH

mit Donuts wecken

ICH WÜRDE DEINEN
GRUNDSCHULLEHRER
FINDEN UND
IHM SAGEN,

ICH WÜRDE
MIT DEM
RAUCHEN
ANFANGEN,

nur um es mir
für dich wieder
abzugewöhnen

ICH WÜRDE
GUTE
GERÜCHTE
ÜBER DICH
VERBREITEN

FÜR DICH WÜRDE ICH
EIN **BLECH KEKSE** IM
OFEN VERGESSEN,

weil ich weiß,
dass du sie
knusprig magst

ICH WÜRDE DIE
BEINE IN UNSEREM
PARTNERKOSTÜM
ÜBERNEHMEN

„Riesen-Detektiv"

ICH WÜRDE
MIR NEUE
SCHIMPFWÖRTER
AUSDENKEN,

DAMIT DU BEIM
FLUCHEN IMMER
up to date
BIST

ICH WÜRDE DEINE
LIEBLINGSSENDUNG
BINGEWATCHEN,

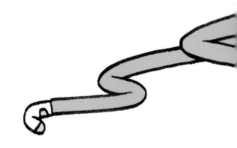

um dich bei der
neuen Staffel nicht
mit Fragen löchern
zu müssen

ICH WÜRDE SO TUN,
ALS WÄRE ICH EIN
HUNDEBABY,

für einen echten Welpen
übernehmen musst

ICH HÄTTE IMMER
EIN TASCHENTUCH
FÜR DICH,

falls du
dich mal
ausheulen musst

ICH WÜRDE DIR EIN

HEISSES BAD EINLASSEN,

WANN IMMER DU DIR

EINES WÜNSCHST

FÜR DICH WÜRDE
ICH DEN SAND AUS
DEINEM HANDTUCH
SCHÜTTELN

Was macht schon
ein bisschen Sand
in meinen Augen?

ICH WÜRDE DIR
DEN RÜCKEN MIT
SONNENCREME
EINREIBEN

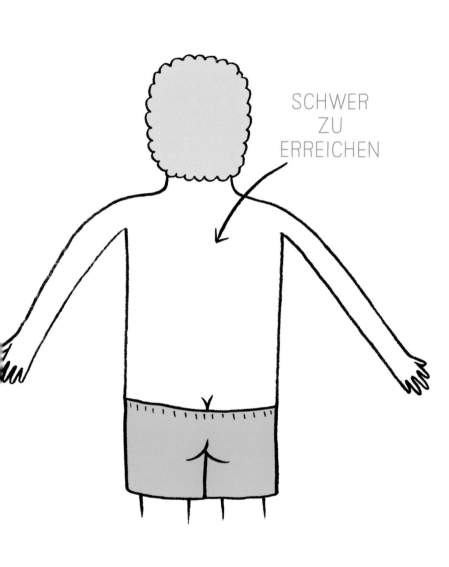

SCHWER
ZU
ERREICHEN

ICH WÜRDE
DEINE FENSTER
PUTZEN

SIE SIND, ÄH…

ein ganz klein
wenig schmutzig

ICH WÜRDE ES
AUSSEHEN LASSEN,
ALS WÄRST DU
ZU HAUSE,

wenn du mal
länger nicht da bist

FÜR DICH WÜRDE ICH
DIE BESTEN PLÄTZE
IN DER GEGEND
AUSKUNDSCHAFTEN ...

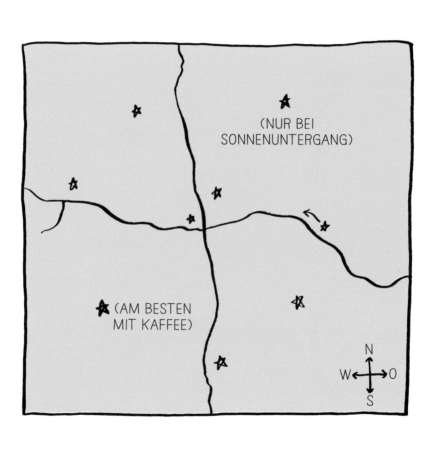

eine Führung geben

ICH WÜRDE DICH DARAN ERINNERN, IMMER NACH DEN STERNEN ZU SCHAUEN

ALLES
IN
ALLEM

MÖCHTE
ICH DIR
SAGEN ...

FÜR DICH
WÜRDE ICH

ALLES
TUN

Caber nur

für dich)

Tausend Dank meiner Familie.
Ohne euch könnte ich nicht
so sein, wie ich bin.

BESONDERER DANK GEHT AN HALLIE
BATEMAN, MICHAEL COCHRAN UND FAMILIE,
CALEB GROH UND FAMILIE, EMILY HENRY UND
FAMILIE, JOEY COOK, NIGEL REYES, JEFF
PIANKI, CAROLINE TOMPKINS, TUESDAY
BASSEN, CHRIS ROGNESS, MICHAEL SEYMOUR
BLAKE, ADAM CARPENTER, PHIL MCANDREW,
JESSE MOYNIHAN UND AN ALLE ANDEREN, DIE
ICH LIEB HABE, UND AN OLIVE, DEN HUND.

jack sjogren

IST EIN CARTOONIST AUS
LOS ANGELES. DORT TRIFFT MAN
IHN MEIST BEIM ZEICHNEN, KICHERN
UND ZU-VIEL-KAFFEE-TRINKEN AN.

WEITERE INFORMATIONEN UNTER
JACKSJOGREN.COM ODER IN DEN SOZIALEN
MEDIEN UNTER @SJOGRENJACK

AUS DEM ENGLISCHEN VON ELLEN KUTHE
UND ELISABETH SCHUBACH

© 2020 DER DEUTSCHSPRACHIGEN AUSGABE
PATTLOCH VERLAG. EIN IMPRINT DER VERLAGSGRUPPE
DROEMER KNAUR GMBH & CO. KG, MÜNCHEN

ILLUSTRATIONEN: JACK SJOGREN
GESTALTUNG: DANIELA SCHULZ
LEKTORAT: ELLEN KUTHE, PATTLOCH VERLAG

ISBN 978-3-629-00076-7

WWW.PATTLOCH.DE
2 4 5 3 1